AF573573

DISCOURS
PRONONCEZ
DANS L'ACADÉMIE FRANÇOISE,

Le Lundi 9. Mai MDCCXLVI.

A LA RÉCEPTION

DE M. DE VOLTAIRE.

A PARIS,
DE L'IMPRIMERIE DE JEAN-BAPTISTE COIGNARD,
IMPRIMEUR DU ROI, ET DE L'ACADÉMIE FRANÇOISE.

MDCCXLVI.

M. DE VOLTAIRE, *Historiographe de France, ayant été élû par Messieurs de l'Académie Françoise à la place de feu M. le Président* BOUHIER, *y vint prendre séance le Lundi 9. Mai 1746. & prononça le Discours qui suit.*

MESSIEURS,

Votre Fondateur mît dans votre établissement toute la noblesse & la grandeur de son ame : il voulut que vous fussiez toujours libres & égaux. En effet il dut élever au dessus de la dépendance, des hommes qui étoient au dessus de l'intérêt, & qui, aussi généreux que lui, faisoient aux Lettres l'honneur qu'elles méritent, de les cultiver pour elles-mêmes. Il étoit peut-être à craindre qu'un jour des travaux si honorables ne se rallentissent. Ce fut pour les conserver dans leur vigueur, que vous vous fîtes une règle de n'admettre aucun Académicien, qui ne résidât dans Paris. Vous vous êtes écartez sagement de cette loi, quand vous avez reçu de ces génies rares que leurs dignitez appeloient ailleurs; mais que leurs ouvrages touchans ou sublimes, rendoient toujours présens parmi vous : car ce seroit violer l'esprit d'une loi, que de n'en pas transgresser la lettre en faveur des grands hommes. Si feu Monsieur le Président Bouhier, après s'être flatté de vous consacrer ses jours, fut obligé de les passer loin de vous, l'Académie & lui se consolèrent, parce qu'il n'en cultivoit pas moins vos sciences dans la ville de Dijon, qui a produit tant d'hommes de Lettres, & où le mérite de l'esprit semble être un des caractères des citoyens.

Il faisoit ressouvenir la France de ces temps où les plus austères Magistrats, consommez comme lui dans l'étude des Loix, se délassoient des fatigues de leur état dans les travaux de la Littérature. Que ceux qui méprisent ces travaux aimables; que ceux qui mettent je ne sais quelle misérable grandeur à se renfermer dans le cercle étroit de leurs emplois, sont à plaindre! Ignorent-ils que Cicéron, après avoir rempli la première place du monde, plaidoit encore les caufes des citoyens, écrivoit fur la nature des Dieux, conféroit avec des Philofophes; qu'il alloit au Théâtre; qu'il daignoit cultiver l'amitié d'Efopus & de Rofcius, & laiffoit aux petits efprits leur conftante gravité, qui n'eft que le mafque de la médiocrité?

Monfieur le Préfident Bouhier étoit très-favant; mais il ne reffembloit pas à ces Savans infociables & inutiles, qui négligent l'étude de leur propre langue, pour favoir imparfaitement des langues anciennes; qui fe croient en droit de méprifer leur fiècle, parce qu'ils fe flattent d'avoir quelques connoiffances des fiècles paffez; qui fe récrient fur un paffage d'Efchyle, & n'ont jamais eu le plaifir de verfer des larmes à nos fpectacles.

Il traduifit le Poëme de Pétrone fur la Guerre Civile; non qu'il penfât que cette déclamation pleine de penfées fauffes, approchât de la fage & élégante nobleffe de Virgile: il favoit que la Satyre de Petrone, quoique femée de traits charmans, n'eft que le caprice d'un jeune homme obfcur, qui n'eut de frein ni dans fes mœurs, ni dans fon ftyle. Des hommes qui fe font donné pour des Maîtres de goût & de volupté, eftiment tout dans Pétrone; & Monfieur Bouhier plus éclairé, n'eftime pas même tout ce qu'il a traduit: c'eft un des progrès de la raiſon humaine dans ce ſiècle, qu'un Traducteur ne ſoit plus idolâtre de ſon Auteur, & qu'il ſache lui rendre juſtice comme à un contemporain.

Il éxerça ſes talens ſur ce Poëme, ſur l'Hymne à Venus, ſur Anacréon, pour montrer que les Poëtes doivent être traduits en vers : c'étoit une opinion qu'il défendoit avec chaleur, & on ne ſera pas étonné que je me range à ſon ſentiment.

Qu'il me ſoit permis, MESSIEURS, d'entrer ici avec vous dans ces diſcuſſions littéraires ; mes doutes me vaudront de vous des déciſions. C'eſt ainſi que je pourrai contribuer au progrès des Arts ; & j'aimerois mieux prononcer devant vous un Diſcours utile, qu'un Diſcours éloquent.

Pourquoi Homere, Théocrite, Lucrece, Virgile, Horace, ſont-ils heureuſement traduits chez les Italiens & chez les Anglois ? Pourquoi ces nations n'ont-elles aucun grand Poëte de l'Antiquité en proſe, & que nous n'en avons encore eu aucun en vers ? Je vais tâcher d'en démêler la raiſon.

La difficulté ſurmontée dans quelque genre que ce puiſſe être, fait une grande partie du mérite. Point de grandes choſes ſans de grandes peines : & il n'y a point de nation au monde chez laquelle il ſoit plus difficile que chez la nôtre, de rendre une véritable vie à la Poësie ancienne.

Les premiers Poëtes formèrent le génie de leur langue ; les Grecs & les Latins employèrent d'abord la Poësie à peindre les objets sensibles de toute la Nature. Homere exprime tout ce qui frappe les yeux : les François qui n'ont guère commencé à perfectionner la grande Poësie qu'au Théâtre, n'ont pû & n'ont dû exprimer alors que ce qui peut toucher l'ame.

Nous nous sommes interdits nous-mêmes insensiblement presque tous les objets que d'autres Nations ont osé peindre. Il n'est rien que le Dante n'exprimât, à l'exemple des Anciens : il accoutuma les Italiens à tout dire ; mais nous, comment pourrions-nous aujourd'hui imiter l'Auteur des Géorgiques, qui nomme sans détour tous les instrumens de l'Agriculture ? A peine les connoissons-nous, & notre mollesse orgueilleuse dans le sein du repos & du luxe de nos villes, attache malheureusement une idée basse à ces travaux champêtres, & au détail de ces Arts utiles, que les maîtres & les législateurs de la Terre cultivoient de leurs mains victorieuses.

Si nos bons Poëtes avoient sçu exprimer heureusement les petites choses, notre langue ajouteroit aujourd'hui ce mérite, qui est très-grand, à l'avantage d'être devenue la première langue du monde pour les charmes de la conversation, & pour l'expression du sentiment. Le langage du cœur & le style du Théâtre ont entièrement prévalu : ils ont embelli la langue Françoise ; mais ils en ont resserré les agrémens dans des bornes un peu trop étroites.

Et quand je dis ici, MESSIEURS, que ce sont les grands Poëtes qui ont déterminé le génie des langues, je n'avance rien qui ne soit connu de vous. Les Grecs n'écrivirent l'Histoire que quatre cens ans après Homere. La langue Grecque reçut de ce grand Peintre de la Nature la supériorité qu'elle prit chez tous les peuples de l'Asie & de l'Europe : c'est Térence qui chez les Romains parla le premier avec une pureté toujours élégante ; c'est Pétrarque qui après le Dante, donna à la langue Italienne cette aménité & cette grace qu'elle a toujours conservées. C'est à Lopés de Vega, que l'Espagnol doit sa noblesse & sa pompe ; c'est Shakespear, qui tout barbare qu'il étoit, mit dans l'Anglois cette force & cette énergie qu'on n'a jamais pû augmenter depuis, sans l'outrer, & par conséquent sans l'affoiblir. D'où vient ce grand effet de la Poësie, de former & de fixer enfin le génie des peuples & de de leurs langues ? La cause en est bien sensible : les premiers bons vers, ceux-mêmes qui n'en ont que l'apparence, s'impriment dans la mémoire à l'aide de l'harmonie. Leurs tours naturels & hardis deviennent familiers ; les hommes qui sont tous nez imitateurs, prennent insensiblement la manière de s'exprimer, & même de penser, des premiers dont l'imagination a subjugué celle des autres. Me désavouerez-vous donc, MESSIEURS, quand je dirai que le vrai mérite & la réputation de notre langue ont commencé à l'auteur du Cid & de Cinna ?

Montagne avant lui étoit le seul livre qui attirât l'attention du petit nombre d'Etrangers qui pouvoient savoir le François ; mais le style de Montagne n'est ni pur, ni correct, ni précis, ni noble. Il est énergique & familier ; il exprime naïvement de grandes choses : c'est cette naïveté qui plaît ; on aime le caractère de l'Auteur ; on se plaît à se retrouver dans ce qu'il dit de lui-même, à converser, à changer de discours & d'opinion avec lui. J'entends souvent regretter le langage de Montagne, c'est son imagination qu'il faut regretter : elle étoit forte & hardie ; mais sa langue étoit bien loin de l'être.

Marot qui avoit formé le langage de Montagne, n'a presque jamais été connu hors de sa patrie ; il a été goûté parmi nous pour quelques contes naïfs, pour quelques épigrammes licentieuſes, dont le ſuccès eſt preſque toujours dans le ſujet ; mais c'eſt par ce petit mérite même que la langue fut longtemps avilie : on écrivit dans ce ſtyle les Tragédies, les Poëmes, l'Hiſtoire, les livres de Morale.

Le judicieux Deſpréaux a dit : *Imitez de Marot l'élégant badinage.* J'oſe croire qu'il auroit dit le *naïf* badinage, ſi ce mot plus vrai n'eût rendu ſon vers moins coulant. Il n'y a de véritablement bons ouvrages, que ceux qui paſſent chez les nations étrangères, qu'on y apprend, qu'on y traduit ; & chez quel peuple a-t'on jamais traduit Marot ?

Notre langue ne fut longtemps après lui qu'un jargon familier, dans lequel on réuſſiſſoit quelquefois à faire d'heureuſes plaiſanteries ; mais quand on n'eſt que plaiſant, on n'eſt point admiré des autres nations ;

Enfin Malherbe vint, & le premier en France
Fit ſentir dans les vers une juſte cadence,
D'un mot mis en ſa place enſeigna le pouvoir.

Si Malherbe montra le premier ce que peut le grand Art des expreſſions placées, il eſt donc le premier qui fut *élégant.* Mais quelques Stances harmonieuſes ſuffiſoient-elles pour engager les Etrangers à cultiver notre langage ? Ils lisoient le Poëme admirable de la Jerusalem, l'Orlando, le Pastor Fido, les beaux morceaux de Pétrarque. Pouvoit-on associer à ces chef-d'œuvres un très-petit nombre de vers François, bien écrits à la vérité, mais foibles & presque sans imagination.

La langue Françoise restoit donc à jamais dans la médiocrité, sans un de ces génies faits pour changer & pour élever l'esprit de toute une nation : c'est le plus grand de vos premiers Académiciens, c'est Corneille seul, qui commença à faire respecter notre langue des Etrangers, précisément dans le temps que le Cardinal de Richelieu commençoit à faire respecter la Couronne. L'un & l'autre porterent notre gloire dans l'Europe. Après Corneille sont venus, je ne dis pas de plus grands génies, mais de meilleurs écrivains. Un homme s'éleva, qui fut à la fois plus passionné & plus correct ; moins varié, mais moins inégal ; aussi sublime quelquefois, & toujours noble sans enflure ; jamais déclamateur, parlant au cœur avec plus de vérité, & plus de charmes.

Un de leurs contemporains, incapable peut-être du sublime qui élève l'ame, & du sentiment qui l'attendrit, mais fait pour éclairer ceux à qui la nature accorda l'un & l'autre, laborieux, sévère, précis, pur, harmonieux, qui devint enfin le Poëte de la raiſon, commença malheureuſement par écrire des Satyres, mais bien-tôt après il égala & ſurpaſſa peut-être Horace dans la Morale & dans l'art Poëtique; il donna les préceptes & les exemples; il vit qu'à la longue l'art d'inſtruire, quand il eſt parfait, réuſſit mieux que l'art de médire, parce que la Satyre meurt avec ceux qui en ſont les victimes, & que la raiſon & la vertu ſont éternelles. Vous eûtes en tous les genres cette foule de grands hommes, que la nature fit naître, comme dans le ſiécle de Léon X, & d'Auguſte. C'eſt alors que les autres peuples ont cherché avidement dans vos Auteurs de quoi s'inſtruire : & graces en partie aux ſoins du Cardinal de Richelieu, ils ont adopté votre langue; comme ils ſe ſont empreſſez de ſe parer des travaux de nos ingénieux Artiſtes, graces aux ſoins du grand Colbert.

Un Monarque illuſtre chez tous les hommes par cinq victoires, & plus encore chez les Sages par ſes vaſtes connoiſſances, fait de notre langue la ſienne propre, celle de ſa Cour & de ſes Etats; il la parle avec cette force & cette fineſſe que la ſeule étude ne donne jamais, & qui eſt le caractère du génie : non-ſeulement il la cultive, mais il l'embellit quelquefois, parce que les ames ſupérieures saisissent toujours ces tours & ces expressions dignes d'elles, qui ne se présentent point aux ames foibles. Il est dans Stokholm une nouvelle Christine, égale à la premiere en esprit, supérieure dans le reste ; elle fait le même honneur à notre langue. Le François est cultivé dans Rome, où il étoit dédaigné autrefois ; il est aussi familier au Souverain Pontife, que les langues savantes dans lesquelles il écrivit, quand il instruisit le monde Chrétien qu'il gouverne ; plus d'un Cardinal Italien écrit en François dans le Vatican, comme s'il étoit né à Versailles.

Vos ouvrages, MESSIEURS, ont pénétré jusqu'à cette Capitale de l'Empire le plus reculé de l'Europe & de l'Asie, & le plus vaste de l'Univers ; dans cette ville, qui n'étoit, il y a quarante ans, qu'un désert habité par des bêtes sauvages : on y représente vos pièces Dramatiques ; & le même goût naturel qui fait recevoir dans la ville de Pierre le Grand, & de sa digne fille, la musique des Italiens, y fait aimer votre éloquence.

Cet honneur qu'ont fait tant de peuples à nos excellens Ecrivains, est un avertissement que l'Europe nous donne de ne pas dégénerer. Je ne dirai pas que tout se précipite vers une honteuse décadence, comme le crient si souvent des satyriques, qui prétendent en ſecret juſtifier leur propre foibleſſe, par celle qu'ils imputent en public à leur ſiécle. J'avoue que la gloire de nos armes ſe ſoutient mieux que celle de nos Lettres : mais le feu qui nous éclairoit, n'eſt pas encore éteint. Ces dernières années n'ont-elles pas produit le ſeul livre de Chronologie, dans lequel on ait jamais peint les mœurs des hommes, le caractère des Cours & des ſiécles ? Ouvrage, qui, s'il étoit ſechement inſtructif, comme tant d'autres, ſeroit le meilleur de tous, & dans lequel l'Auteur a trouvé encore le ſecret de plaire; partage réſervé au très-petit nombre d'hommes qui ſont ſupérieurs à leurs ouvrages.

On a montré la cauſe du progrès & de la chûte de l'Empire Romain dans un livre encore plus court, écrit par un génie mâle & rapide qui approfondit tout en paroiſſant tout effleurer. Jamais nous n'avons eu de Traducteurs plus élégans & plus fidéles. De vrais Philoſophes ont enfin écrit l'hiſtoire. Un homme éloquent & profond s'eſt formé dans le tumulte des armes. Il eſt plus d'un de ces eſprits aimables, que Tibulle & Ovide euſſent regardez comme leurs diſciples, & dont ils euſſent voulu être les amis. Le Théâtre, je l'avoue, eſt menacé d'une chûte prochaine ; mais au moins je vois ici ce génie véritablement tragique, qui m'a ſervi de maître, quand j'ai fait quelques pas dans la même carrière : je le regarde avec une ſatisfaction mêlée de douleur, comme on voit ſur les débris de ſa patrie un Héros qui l'a défendue. Je compte parmi vous, ceux qui ont après le grand Moliere achevé de rendre la Comédie une école de mœurs & de bienſéance : école qui méritoit chez les François la conſidération qu'un théâtre moins épuré eut dans Athenes. Si l'homme célèbre, qui le premier orna la Philoſophie des graces de l'imagination, appartient à un temps plus reculé, il eſt encore l'honneur & la conſolation du vôtre.

Les grands talens ſont toujours néceſſairement rares; ſur-tout quand le goût & l'eſprit d'une nation ſont formez. Il en eſt alors des eſprits cultivez, comme de ces forêts, où les arbres preſſez & élevez ne ſouffrent pas qu'aucun porte ſa tête trop au-deſſus des autres. Quand le commerce eſt en peu de mains, on voit quelques fortunes prodigieuſes, & beaucoup de misère; lorſqu'enfin il eſt plus étendu, l'opulence eſt générale, les grandes fortunes rares. C'eſt précisément, MESSIEURS, parce qu'il y a beaucoup d'eſprit en France, qu'on y trouvera dorénavant moins de génies ſupérieurs.

Mais enfin, malgré cette culture univerſelle de la nation, je ne nierai pas que cette langue devenue si belle, & qui doit être fixée par tant de bons ouvrages, peut se corrompre aisément. On doit avertir les Etrangers, qu'elle perd déja beaucoup de sa pureté dans presque tous les livres composez dans cette célèbre République, si longtemps notre Alliée, où le François est la langue dominante, au milieu des factions contraires à la France. Mais si elle s'altère dans ces pays par le mélange des idiômes, elle est prête à se gâter parmi nous par le mélange des styles. Ce qui déprave le goût, déprave enfin le langage. Souvent on affecte d'égayer des ouvrages sérieux & instructifs par les expressions familières de la conversation. Souvent on introduit le style Marotique dans les sujets les plus nobles; c'est revêtir un Prince des habits d'un farceur. On se sert de termes nouveaux, qui sont inutiles, & qu'on ne doit hazarder que quand ils sont nécessaires. Il est d'autres défauts, dont je suis encore plus frappé, parce que j'y suis tombé plus d'une fois. Je trouverai parmi vous, MESSIEURS, pour m'en garantir, les secours que l'homme éclairé à qui je succède, s'étoit donnez par ses études. Plein de la lecture de Cicéron, il en avoit tiré ce fruit de s'étudier à parler sa langue, comme ce Consul parloit la sienne. Mais c'est sur-tout à celui qui a fait son étude particulière des ouvrages de ce grand Orateur, & qui étoit l'ami de M. le Président Bouhier, à faire revivre ici l'éloquence de l'un, & à vous parler du mérite de l'autre. Il a aujourd'hui à la fois un ami à regretter & à célébrer ; un ami à recevoir & à encourager. Il peut vous dire avec plus d'éloquence, mais non avec plus de ſenſibilité que moi, quels charmes l'amitié répand ſur les travaux des hommes conſacrez aux Lettres, combien elle ſert à les conduire, à les corriger, à les exciter, à les conſoler ; combien elle inſpire à l'ame cette joie douce & recueillie, ſans laquelle on n'eſt jamais le maître de ſes idées.

C'eſt ainſi que cette Académie fut d'abord formée. Elle a une origine encore plus noble que celle qu'elle reçut du Cardinal de Richelieu même : c'eſt dans le ſein de l'amitié qu'elle prit naiſſance. Des hommes unis entr'eux par ce lien reſpectable & par le goût des beaux arts, s'aſſembloient ſans ſe montrer à la renommée ; ils furent moins brillans que leurs ſucceſſeurs, & non moins heureux. La bienſéance, l'union, la candeur, la ſaine critique ſi oppoſée à la ſatyre, formèrent leurs aſſemblées. Elles animeront toujours les vôtres, elles ſeront l'éternel exemple des gens de Lettres, & ſerviront peut-être à corriger ceux qui ſe rendent indignes de ce nom. Les vrais amateurs des arts ſont amis. Qui eſt plus que moi en droit de le dire ! J'oſerois m'étendre, MESSIEURS, ſur les bontez dont la pluſpart d'entre vous m'honorent, ſi je ne devois m'oublier pour ne vous parler que du grand objet de vos travaux, des intérêts devant qui tous les autres s'évanouiſſent, de la gloire de la nation.

Je ſais combien l'eſprit ſe dégoûte aiſément des éloges ; je ſais que le Public, toujours avide de nouveautez, penſe que tout eſt épuiſé ſur votre Fondateur & ſur vos Protecteurs ; mais pourrois-je refuſer le tribut que je dois, parce que ceux qui l'ont payé avant moi, ne m'ont laiſſé rien de nouveau à vous dire ? Il en eſt de ces éloges qu'on répéte, comme de ces ſolemnitez qui ſont toujours les mêmes, & qui réveillent la mémoire des événemens chers à un peuple entier ; elles ſont néceſſaires. Célébrer des hommes tels que le Cardinal de Richelieu, & LOUIS XIV ; un Seguier, un Colbert, un Turenne, un Condé ; c'eſt dire à haute voix, *Rois, Miniſtres, Généraux à venir, imitez ces grands hommes.* Ignore-t-on que le Panégyrique de Trajan anima Antonin à la vertu ? & Marc-Aurele le premier des Empereurs & des hommes, n'avoue-t-il pas dans ſes écrits l'émulation que lui inſpirèrent les vertus d'Antonin ?

Lorsqu'HENRI IV entendit dans le Parlement nommer LOUIS XII *le Père du peuple*, il se sentit pénétré du desir de l'imiter, & il le surpassa.

Pensez-vous, MESSIEURS, que les honneurs rendus par tant de bouches à la mémoire de LOUIS XIV, ne se soient pas fait entendre au cœur de son Successeur, dès sa première enfance ? On dira un jour que tous deux ont été à l'immortalité, tantôt par les mêmes chemins, tantôt par des routes différentes. L'un & l'autre seront semblables, en ce qu'ils n'ont différé à se charger du poids des affaires que par reconnoissance ; & peut-être c'est en cela qu'ils ont été le plus grands. La posterité dira que tous deux ont aimé la justice, & ont commandé leurs armées. L'un recherchoit avec éclat la gloire qu'il méritoit, il l'appelloit à lui du haut de son Trône, il en étoit suivi dans ses conquêtes, dans ses entreprises, il en remplissoit le monde, il déployoit une ame sublime dans le bonheur & dans l'adversité, dans ses camps, dans ses palais, dans les Cours de l'Europe & de l'Asie : les terres & les mers rendoient témoignage à sa magnificence, & les plus petits objets, si-tôt qu'ils avoient à lui quelque rapport, prenoient un nouveau caractère, & recevoient l'empreinte de sa grandeur.

L'autre protége des Empereurs & des Rois, subjugue des provinces, interrompt le cours de ses conquêtes pour aller secourir ses sujets, & y vole du sein de la mort, dont il est à peine échappé. Il remporte des victoires, il fait les plus grandes choses avec une simplicité, qui feroit penser que ce qui étonne le reste des hommes, est pour lui dans l'ordre le plus commun & le plus ordinaire. Il cache la hauteur de son ame, sans s'étudier même à la cacher; & il ne peut en affoiblir les rayons, qui en perçant malgré lui le voile de sa modestie, y prennent un éclat plus durable.

LOUIS XIV se signala par des monumens admirables, par l'amour de tous les arts, par les encouragemens qu'il leur prodiguoit : ô vous son auguste Successeur, vous l'avez déja imité, & vous n'attendez que cette paix que vous cherchez par des victoires, pour remplir tous vos projets bienfaisans, qui demandent des jours tranquilles.

Vous avez commencé vos triomphes dans la même province, où commencerent ceux de votre bisayeul, & vous les avez étendus plus loin. Il regretta de n'avoir pû dans le cours de ses glorieuses campagnes forcer un ennemi digne de lui, à mesurer ses armes avec les siennes en bataille rangée. Cette gloire qu'il desira, vous en avez joui. Plus heureux que le Grand Henri, qui ne remporta presque de victoires que sur sa propre nation, vous avez vaincu les éternels & intrépides ennemis de la vôtre. Votre fils, après vous l'objet de nos vœux & de notre crainte, apprit à vos côtez à voir le danger & le malheur même sans être troublé, & le plus beau triomphe sans être ébloui. Lorsque nous tremblions pour vous dans Paris, vous étiez au milieu d'un champ de carnage, tranquille dans les momens d'horreur & de confusion, tranquille dans la joie tumultueuse de vos soldats victorieux, vous embrassiez ce Général qui n'avoit souhaité de vivre que pour vous voir triompher; cet homme que vos vertus & les siennes ont fait votre sujet, que la France comptera toujours parmi ses enfans les plus chers & les plus illustres. Vous récompensiez déja par votre témoignage & par vos éloges tous ceux qui avoient contribué à la victoire; & cette récompense est la plus belle pour des François.

Mais ce qui sera conservé à jamais dans les Fastes de l'Académie, ce qui est précieux à chacun de vous, MESSIEURS, ce fut l'un de vos confreres qui servit le plus votre Protecteur & la France dans cette journée: ce fut lui, qui, après avoir volé de brigade en brigade, après avoir combattu en tant d'endroits différens, courut donner & exécuter ce conſeil ſi prompt, ſi ſalutaire, ſi avidement reçû par le Roi, dont la vûe diſcernoit tout dans des momens où elle peut s'égarer ſi aiſément.

Jouiſſez, MESSIEURS, du plaiſir d'entendre dans cette aſſemblée ces propres paroles, que votre Protecteur dit au neveu de votre Fondateur ſur le champ de bataille : *Je n'oublierai jamais le ſervice important que vous m'avez rendu.* Mais ſi cette gloire particulière vous eſt chère, combien ſont chères à toute la France, combien le ſeront un jour à l'Europe, ces démarches pacifiques que fit LOUIS XV, après ſes victoires ! Il les fait encore, il ne court à ſes ennemis que pour les déſarmer, il ne veut les vaincre que pour les fléchir ; s'ils pouvoient connoître le fond de ſon cœur, ils le feroient leur arbitre au lieu de le combattre ; & ce feroit peut-être le ſeul moyen d'obtenir ſur lui des avantages. Les vertus qui le font craindre, leur ont été connues, dès qu'il a commandé : celles qui doivent ramener leur confiance, qui doivent être le lien des nations, demandent plus de temps pour être approfondies par des ennemis.

Nous, plus heureux, nous avons connu ſon ame dès qu'il a régné. Nous avons penſé, comme penſeront tous les peuples & tous les ſiècles : jamais amour ne fut ni plus vrai, ni mieux exprimé : tous nos cœurs le ſentent, & vos bouches éloquentes en ſont les interprètes. Des médailles dignes des plus beaux temps de la Grèce, éterniſent ſes triomphes & notre bonheur. Puiſſé-je voir dans nos places publiques, ce Monarque humain, ſculpté des mains de nos Praxiteles, environné de tous les ſymboles de la félicité publique! Puiſſé-je lire aux pieds de ſa ſtatue ces mots qui ſont dans nos cœurs, *Au Père de la Patrie*!

REPONSE de M. l'Abbé D'OLIVET, *Directeur de l'Académie Françoise, au Discours prononcé par* M. DE VOLTAIRE.

QUoique l'art de louer faſſe partie de la belle Littérature, j'avouerai, MESSIEURS, qu'il n'entra jamais dans le plan de mes études. A quoi ſert, me ſuis-je dit cent fois, de ſe rendre habile dans un art, dont l'abus ne manque point d'avilir l'Orateur; & qui, lors même qu'on l'emploie le plus à propos, eſt moins propre à flatter le vrai mérite, qu'à le bleſſer? Ainſi raiſonnois-je, ſans prévoir qu'un jour, placé où je ſuis par le caprice du ſort, j'aurois à exprimer vos ſentimens, & ſur l'illuſtre confrère que nous avons perdu, & ſur celui que nous venons d'acquérir.

Il eſt vrai, & je ne puis avoir que cela ſeul pour me raſſûrer, il eſt vrai que la voix publique vient ici au ſecours de la mienne. Car qui ne ſait, MONSIEUR, que l'étendue de votre réputation a égalé celle de vos talens? Quel eſt aujourd'hui le pays où il ſe trouve, ne diſons pas des Savans & des Curieux, mais quelque ſorte d'humanité, quelque

que ombre de politeſſe, & où votre nom n'ait pas pénétré ? Les plus célèbres Académies de l'Europe n'en ont-elles pas orné leurs Faſtes ? Et depuis combien de temps avez-vous jetté les fondemens d'une gloire ſi brillante ? Vous étiez connu par des Poëſies ingénieuſes, & d'un tour délicat, à un âge où ſavoir lire des vers, c'eſt beaucoup. Œdipe, la première de vos Tragédies, fit douter ſi vous n'aviez pas dès-lors atteint de fort près le point de perfection, où ſont marquées les bornes de l'art. Une diction pure, noble, élégante ; cette harmonie qu'on ne définira jamais, & qui fera toujours ſon effet ; chaque paſſion qui parle ſon langage, parce que l'imagination & le cœur ſont d'accord ; les ornemens diſpenſez avec la ſageſſe d'un âge mûr ; & cela dans un ſujet manié par les deux plus grands maîtres. Athlète encore ſi jeune, lutter contre Sophocle & contre Corneille ! Pour eſpérer de pouvoir les vaincre, il falloit néceſſairement commencer par vous ſaiſir de leurs propres armes, c'eſt-à-dire, conſerver leurs véritables beautez ; mais avec le ſecret que vous aviez de faire qu'on ne pût les diſtinguer de celles qui n'appartenoient qu'à vous.

Parlerai-je des autres pièces, que Thalie ou Melpoméne vous ont dictées ? Mais que pourrois-je en

D

dire qui valût ces acclamations flatteuſes, dont la Scéne retentit encore tous les jours ? Avouez-le : car les hommes à qui l'on ne diſpute point leur ſupériorité, gagnent à convenir de leurs foibleſſes : avouez que ces bruyantes ſaillies, qui ſont l'organe de la multitude, & qu'on ne peut ni commander, ni réprimer, l'emportent de beaucoup ſur la froide admiration d'un lecteur tranquille dans ſon cabinet. Auſſi étoit-il à craindre qu'un Théâtre qui tenoit de vous le pouvoir d'enchanter, ne produisît ſur vous-même un effet pareil, en vous réſervant tout entier pour lui ſeul, & vous faiſant oublier qu'il ſeroit beau à l'émule de Sophocle d'être le rival d'Homère. On auroit été privé de cette fameuſe Henriade, que la France a regardée comme l'unique Poëme, dont elle pût ſe faire honneur, dans un genre où l'eſprit, où le travail ne ſuffit pas, mais pour lequel il faut du génie.

Qu'eſt-ce que le génie ? C'eſt un feu dont les ames communes n'ont jamais ſenti l'ardeur, mais qui s'allume indépendamment de nous, & s'éteint de même. C'eſt une lumière étincelante, mais qui ne ſe montre qu'à certaines heures, pour être bien-tôt remplacée par un nuage. C'eſt une douce fureur, plus ou moins durable, plus ou moins fréquente. C'eſt l'ivreſſe de l'eſprit, comme toute passion est l'ivresse du cœur. En un mot, le génie est pour les beaux arts, mais pour l'Epopée surtout, ce qu'est le soleil pour la terre. Tout est produit, échauffé, vivifié, embelli par le soleil : & c'est pareillement au génie qu'il appartient d'enfanter des vers où il y ait de l'ame ; d'en bannir la stérilité, le froid, la sécheresse ; d'inventer, de varier, d'orner ; & de faire enfin que l'art, fidelle imitateur de la nature, présente toujours l'agréable avec l'utile, le beau avec le bon, le gracieux avec le solide.

Vos premiers maîtres & les nôtres, j'entends les Poëtes de l'Antiquité, ont enseigné que le Dieu des vers étoit aussi chargé de présider à la Divination. Est-ce donc par lui, MONSIEUR, que vous fûtes averti de renoncer pour un temps aux faveurs qu'il vous prodiguoit, & de vous appliquer à écrire l'Histoire ? Oui sans doute, un pressentiment secret vous fit voir de loin ce glorieux emploi, qui devoit vous être destiné. Pour essayer vos forces, vous avez écrit l'Histoire d'un Héros : & c'étoit vous préparer à écrire celle d'un Roi. On sera Héros avec des vertus dangereuses, une bravoure inquiète, d'heureuses téméritez. On n'est Roi que par une sagesse capable d'allier la modération avee la valeur, & qui, usant à propos, ou de l'une, ou de l'autre, réussit à faire le bonheur du monde. Ainsi la Postérité, en vous lisant, sera presque effrayée de Charles XII, & nous enviera LOUIS XV.

Mais que vois-je? le cylindre d'Archimede dans ces mêmes mains, qui ne paroissoient faites que pour la lyre d'Orphée! Peu s'en faut que dans un lieu consacré à la Poësie & à l'Eloquence, je ne me récrie contre le projet d'unir avec leurs charmes, les spéculations de la Physique & de la Géométrie. Je serois plus hardi, n'en doutez point, si ce lieu même n'offroit à mes regards le célèbre Fontenelle. Osons ne pas le traiter autrement, que comme feront nos derniers neveux. Vous avez voulu, par une émulation qui vous honore l'un & l'autre, lui enlever la gloire d'être un homme unique. Tous les deux vous faites voir qu'il étoit réservé à notre siècle, de joindre l'universalité des connoissances à celle des talens. Originaux l'un & l'autre, qui conserveront toujours leur prix, mais dont, vrai-semblablement, il n'y aura jamais que de mauvaises copies.

Pendant que je parle de talens universels, & de connoissances sans bornes, il est difficile qu'on ne se rappelle pas l'idée de votre prédécesseur. Ce fut un Savant du premier ordre, mais un Savant poli, modeste, utile à ses amis, à sa patrie, à lui-même. Vous attendez, MESSIEURS, que j'entre dans un détail, qui puisse pour quelques instans suspendre votre douleur ; & qui n'aboutira enfin qu'à l'aigrir, parce qu'il mettra notre perte dans un plus grand jour.

J'ai dit, un Savant du premier ordre ; & ne croyez pas que j'abuse des termes. Depuis la renaissance des Lettres, à peine comptons-nous trois siècles : & à peine chaque siècle nous a-t-il montré deux ou trois prodiges d'érudition, qui soient comparables à feu M. le Président Bouhier. Héritier d'une riche bibliothèque, qui fut à ses yeux la plus belle portion de son patrimoine ; destiné à être le septième de son nom, qui de père en fils rendroit au Parlement de Bourgogne l'honneur qu'il en recevroit ; il se proposa d'égaler, de surpasser même ces grands personnages qui ont décoré la Robe par leur éminent savoir, les Budez, les Bignons, les Brissons : & bien-tôt ne mettant plus de frein à une ambition si respectable, il embrassa tout à la fois l'ancien & le moderne, le profane & le sacré, les langues savantes, la Chronologie, la connoissance des monumens antiques, la Jurisprudence, la Critique. Vous dis-je rien, MESSIEURS, dont vous n'ayez des preuves entre les mains ?

Que ceux qui ne l'ont connu que par ses ouvrages, ne se figurent pourtant pas qu'il fût de ces Auteurs ensevelis dans leurs livres, & dont l'humeur sombre est le voile d'un ridicule orgueil. Jamais homme ne fut d'un commerce plus aisé, ni plus aimable. Une douceur naturelle, une grande candeur, autant de vivacité qu'il en faut, & jamais rien au delà, tel fut son caractère; & vous le retrouvez dans tous ses écrits. Jusque dans les ronces de la Critique, il fait éclorre les fleurs de l'urbanité. Quand il relève une méprise, il vous insinue que celui à qui elle est échappée, mérite de l'estime par d'autres endroits. Quand il développe un sens nouveau, quand il présente une heureuse conjecture; si le germe imperceptible s'en trouve quelque part, il vous le dit; & on voit qu'il le dit avec plus de plaisir que n'en ont les plagiaires à se cacher. Avant lui, rien de si commun parmi les Doctes de la première classe, que de se faire entre eux une langue à part, féconde en termes injurieux. Mais lui, ne sachant que la langue de l'honnête-homme, soit qu'il se défende, soit qu'il attaque, c'est avec un air de politesse, qui fait sentir ce qu'il est.

Remontons à la source de cette urbanité, que l'imitation ne donne point, & où l'affectation n'arrive point. Vous croirez peut-être l'avoir trouvée dans une éducation, qui répondit à sa naissance. Pour moi, en convenant que cela doit y avoir contribué, je crois qu'il n'y a qu'une modestie sincère, qui fasse des hommes véritablement polis. Et qu'entendons-nous par modestie, si ce n'est la connoissance de soi-même ? Il avoit trop étudié, trop réfléchi, pour tomber dans les pièges que l'orgueil tend à l'ignorance. Quiconque croit beaucoup valoir, est bien éloigné de savoir beaucoup.

On reproche un autre vice aux Savans, une espèce d'avarice qui leur est propre. Tout ce qu'ils ont de lumières, ils le gardent pour eux uniquement ; comme si c'étoit s'appauvrir, que d'en faire part. Publions à la gloire de M. le Président Bouhier, qu'en ce genre, plus il étoit opulent, plus il a été libéral. Hé dans quel bouche seroit mieux placé que dans la mienne, l'aveu de cette générosité, que tous ses amis ont éprouvée ? Puisqu'elle se conformoit à leurs besoins, j'ai dû m'en ressentir plus que personne. J'avois en lui un guide incapable de m'égarer, & si mon fardeau me paroissoit trop lourd, disposé à me soulager d'une partie. Que ne puis-je donner ici un plein essor à ma reconnoissance ! Mais je ne dois pas, MESSIEURS, préſumer qu'il me fût permis de parler long-temps de moi.

Une érudition ſi profonde, & ſi variée, lorſqu'elle ſe rencontre dans une perſonne publique, ſeroit-elle la ſuite d'une intempérance, ou pluſtôt d'une manie, qui fait qu'on veut quelquefois apprendre tout, hors ce qu'on eſt obligé de ſavoir? Vous n'en ſoupçonnerez point le Magiſtrat, qui cauſe nos regrets. Perſuadé, comme il le fut dès ſa plus tendre jeuneſſe, que le mérite eſſentiel du grand homme eſt de ſervir la patrie, & que les ſervices qu'elle attend de nous, ſe réglent ſur le rang qu'on y tient; il comprit que ſi d'autres études ne lui étoient pas interdites, ſi elles lui étoient même néceſſaires pour nourrir l'activité, & l'étonnante facilité de ſon eſprit, au moins l'étude des Loix devoit-elle toujours être ſon principal objet. De là ces deux immenſes volumes, qui ne laiſſeront dans le Droit municipal de ſa province, ni obſcurité, ni contradiction, ni équivoque. Ouvrage dans lequel je ne ſais ce qu'on admirera le plus, ou le zèle qui l'a fait entreprendre, ou le courage & la perſévérance d'un Savant, dont le goût étoit décidé pour des travaux Académiques, & à qui les Muſes & les Graces offroient de continuelles diſtractions.

Que

Que me reſte-t-il qu'à vous le peindre dans ſa vie privée ? Car à quel propos nous applaudir de nos laborieuſes veilles, ſi elles ne ſervent pas à nous rendre heureux, & par conſéquent vertueux, ou, ce qui eſt la même choſe, plus dociles à la Raiſon, qui nous parle dans nos livres ? Voilà en quel ſens M. le Préſident Bouhier, bon citoyen, bon mari, bon père, bon ami, juge intégre, ſage économe de ſon bien, & de ſes talens, recueilloit ſans ceſſe le fruit d'une étude tournée à ſa propre utilité. Ses jours, partagez entre ſa charge, ſa famille, & ſon cabinet, formèrent le cours d'une vie égale, qui ne reſpiroit que l'honneur & la décence. Arrive le jour fatal, & il n'en eſt point ému, parce qu'il avoit appris de la Philoſophie à le prévoir, & de la Religion à s'y préparer. Un frère digne de lui, & dont les vertus illuſtrent l'Epiſcopat, reçoit ſon dernier ſoupir. Une tendre mère, plus que nonagénaire, lui ferme les yeux.

Vous avez, MESSIEURS, bien peu joui de ſa préſence, & vous ne vous flattiez preſque plus de le revoir dans vos aſſemblées. Une goutte impitoyable l'a tenu, pour ainſi dire, enchaîné depuis près de quinze ans. Ce qu'il y trouva de plus dur, il m'a fréquemment chargé de vous le témoigner, ce fut de ſe voir ſéparé de vous, & hors d'état de vous rejoindre. Au milieu des plus vives douleurs, il penſoit à vous. Dans ces triſtes momens où il n'avoit de libre que la tête & le cœur, il verſifioit : aimant à croire qu'un genre de travail, qui eſt plus particulièrement le vôtre, MESSIEURS, le rapprochoit de vous. Il a même conſenti à publier quelques-unes de ſes Poëſies, non pour ſe parer d'un talent qu'il avoit de bonne heure ſacrifié à de plus importantes occupations, mais pour avoir de quoi offrir un hommage à l'Académie.

Je reviens à vous, MONSIEUR, & je finis en vous exhortant à une aſſiduité, qui nous dédommage de ce que la longue abſence de votre prédéceſſeur nous a fait perdre. Tout doit vous attirer ici : des exercices qui tendent à épurer la langue, & le goût ; des efforts unanimes pour avancer le progrès des beaux arts ; une eſtime réciproque, & une parfaite union ; des talens, pluſtôt divers qu'inégaux ; & nulle diſpute, ſi ce n'eſt à qui marquera le plus de zèle pour la gloire de notre auguſte Protecteur. Quelle apparence que nous eûſſions pû voir l'Hiſtoire de ſon merveilleux Règne, prendre naiſſance ailleurs que dans le ſein de l'Académie ? Venez donc vous aſſeoir parmi nous : & afin que cette Hiſtoire, qui ne ſera qu'un tiſſu de faits admirables, mérite d'être admirée elle-même, n'oubliez point qu'aujourd'hui nous contractons un engagement mutuel; vous, MONSIEUR, de nous faire honneur par vos travaux; nous, de nous intéreſſer à vos ſuccès.

www.ingramcontent.com/pod-product-compliance
Lightning Source LLC
LaVergne TN
LVHW050503160826

845677LV00003B/919

* 9 7 8 2 3 2 9 6 5 9 2 3 7 *